WEST CHICAGO PUBLIC LIBRARY DISTRICT

3 6653 00166 2430

10/07

W9-BEV-657

West Chicago Public Library District
118 West Washington
West Chicago, IL 60185-2803
Phone # (630) 231-1552

Body
El Cuerpo

by Mary Berendes • illustrated by Kathleen Petelinsek

Published in the United States of America by The Child's World®
1980 Lookout Drive • Mankato, MN 56003-1705
800-599-READ • www.childsworld.com

Acknowledgments
The Child's World®: Mary Berendes, Publishing Director
The Design Lab: Kathleen Petelinsek, Design and Page Production

Language Adviser: Ariel Strichartz

Library of Congress Cataloging-in-Publication Data
Berendes, Mary.
  Body = El cuerpo / by Mary Berendes; illustrated by Kathleen Petelinsek.
     p. cm. — (Wordbooks = Libros de palabras)
  ISBN-13: 978-1-59296-796-4 (library bound : alk. paper)
  ISBN-10: 1-59296-796-5 (library bound : alk. paper)
 1. Body, Human—Juvenile literature. 2. Human anatomy—Juvenile literature. I. Petelinsek,
Kathleen. II. Title. III. Title:
 Cuerpo. IV. Series.
  QM27.B48 2007
  611—dc22   2006103380

Copyright ©2008 by The Child's World®, Inc.
All rights reserved. No part of the book may be reproduced or utilized in
any form or by any means without written permission from the publisher.

head
la cabeza

headband
la diadema

head
la cabeza

forehead
la frente

cheek
la mejilla

chin
la barbilla

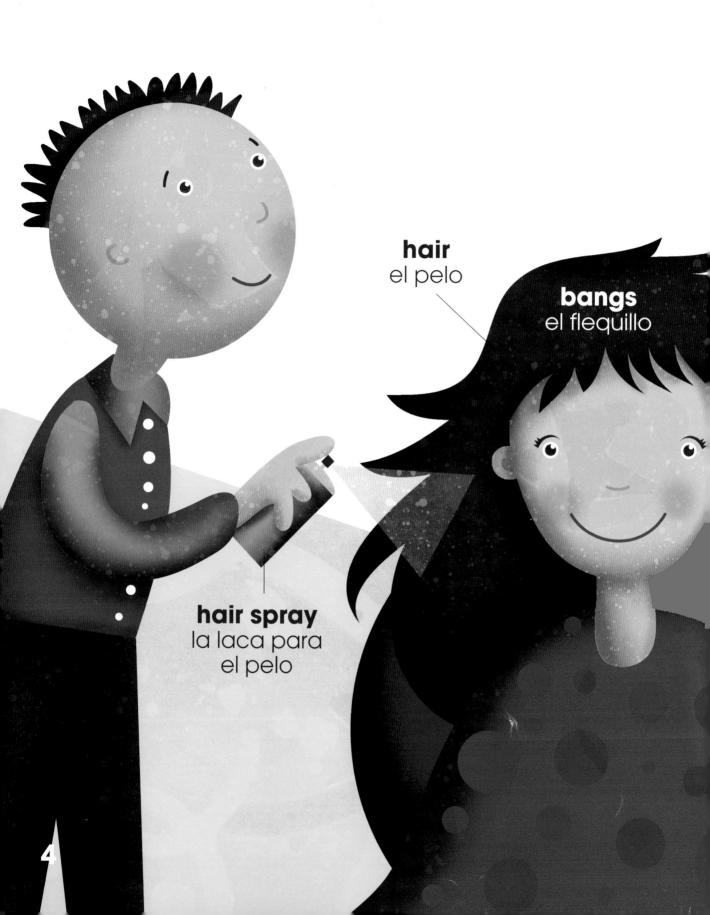

hair
el pelo

bangs
el flequillo

hair spray
la laca para
el pelo

4

hair
el pelo

comb
el peine

curls
los rizos

hair dryer
el secador
de pelo

5

eyes
los ojos

glasses
las gafas

eyebrow
la ceja

eyelashes
las pestañas

pupil
la pupila

6

nose
la nariz

eye
el ojo

freckles
las pecas

nostril
la ventana
de la nariz

7

ears
las orejas

ear
la oreja

mirror
el espejo

earring
el arete

lipstick
el lápiz de labios

8

mouth
la boca

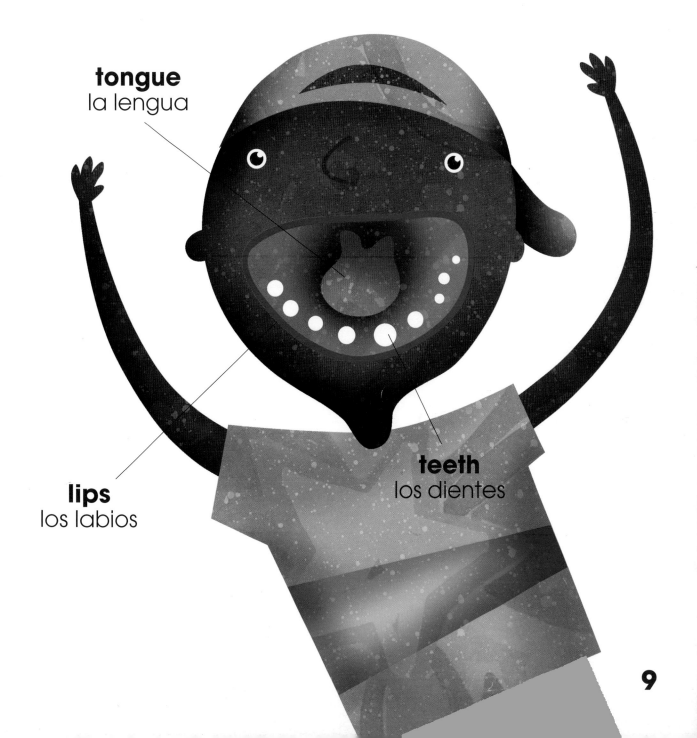

tongue
la lengua

lips
los labios

teeth
los dientes

neck
el cuello

neck
el cuello

collar
el cuello

shirt
la camisa

necktie
la corbata

10

shoulders
los hombros

hat
el sombrero

necklace
el collar

shoulder
el hombro

dress
el vestido

11

arms
los brazos

forearm
el antebrazo

elbow
el codo

sleeve
la manga

arm
el brazo

13

hands
las manos

pinkie
el dedo
meñique

knuckle
el nudillo

fingernail
la uña

thumb
el pulgar

fingers
los dedos

wrist
la muñeca

palm
la palma

14

cuff
el puño

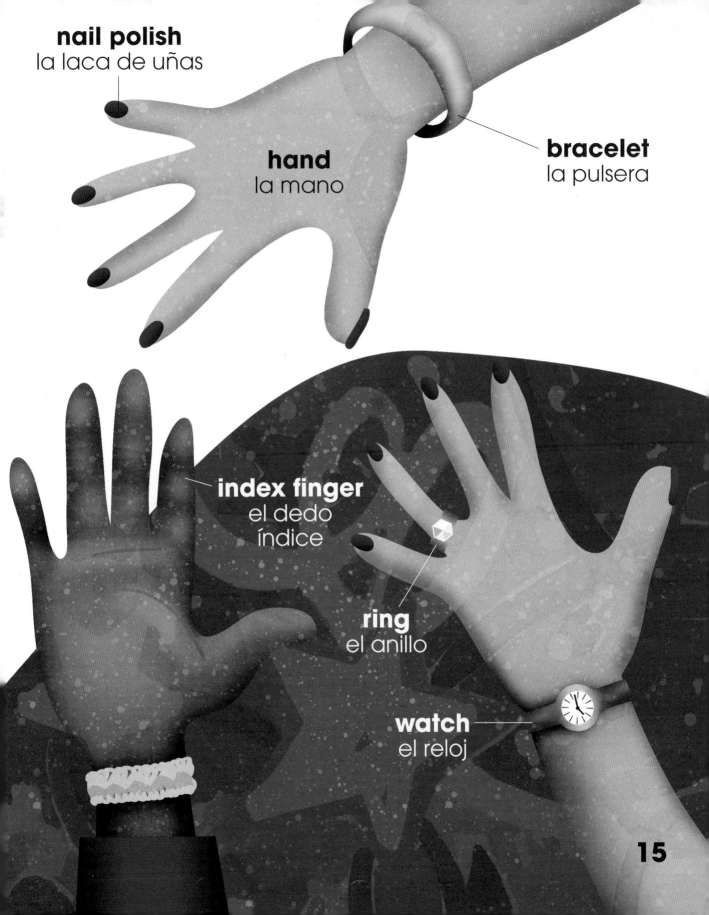

nail polish
la laca de uñas

hand
la mano

bracelet
la pulsera

index finger
el dedo
índice

ring
el anillo

watch
el reloj

15

stomach
el estómago

sunglasses
las gafas de sol

stomach
el estómago

chest
el pecho

**belly
button**
el ombligo

waist
la cintura

sunscreen
el bronceador
con filtro solar

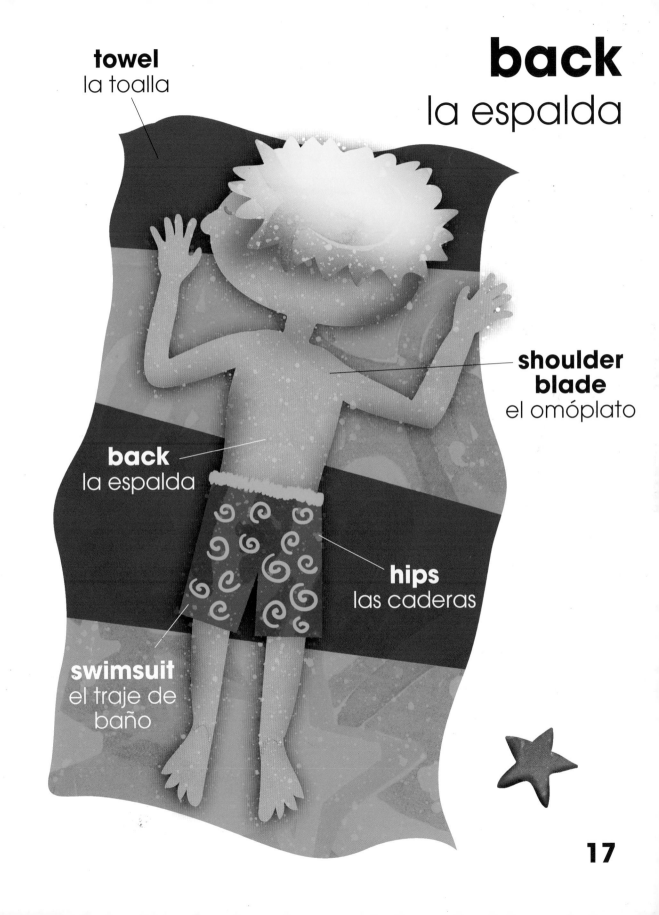

back
la espalda

towel
la toalla

shoulder blade
el omóplato

back
la espalda

hips
las caderas

swimsuit
el traje de baño

17

legs
las piernas

thigh
el muslo

leg
la pierna

grass
la hierba

knee
la rodilla

soccer ball
el balón de
fútbol

shin guard
la espinillera

shin
la espinilla

19

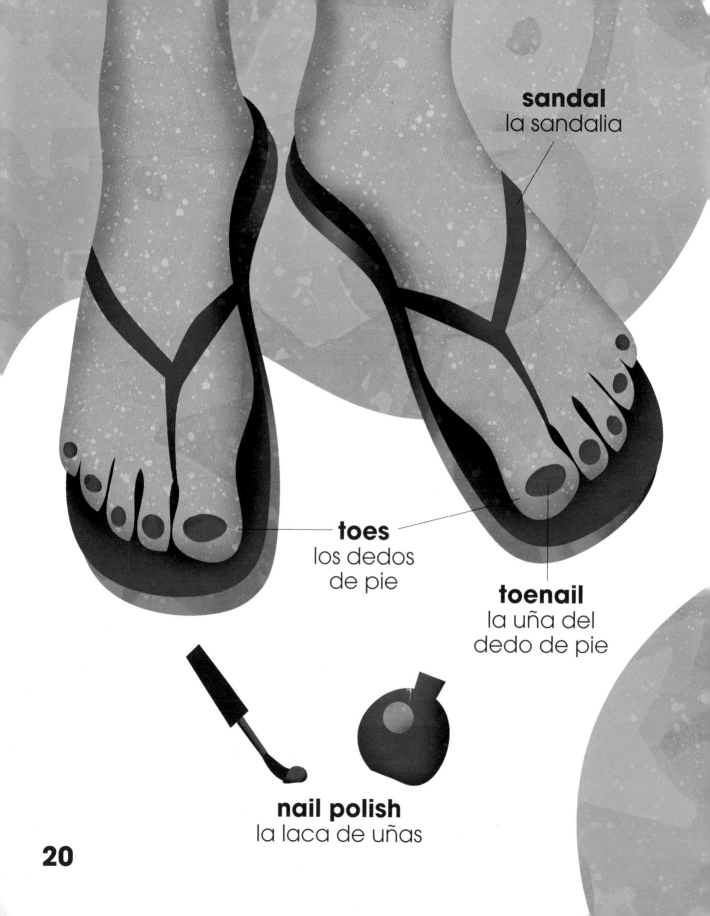

sandal
la sandalia

toes
los dedos
de pie

toenail
la uña del
dedo de pie

nail polish
la laca de uñas

20

feet
los pies

ankle
el tobillo

foot
el pie

heel
el talón

21

face
la cara

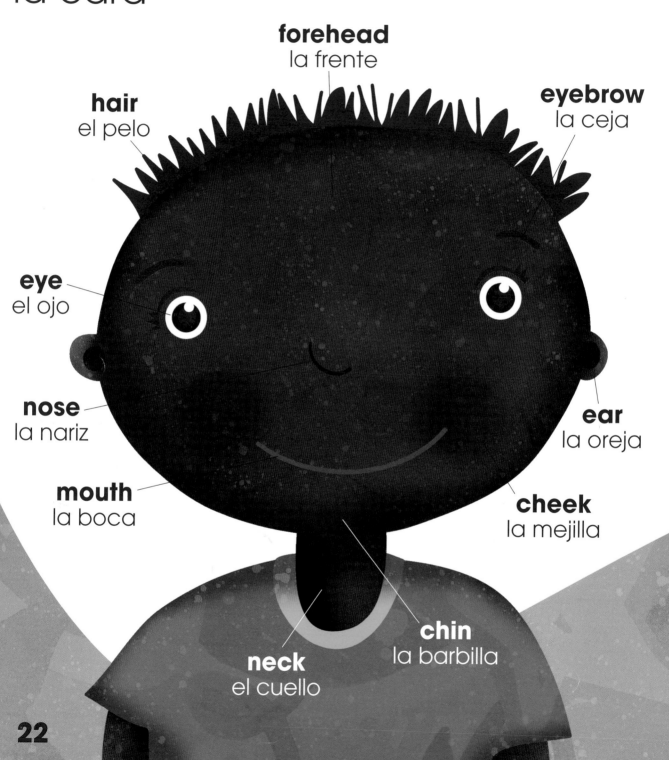

forehead
la frente

hair
el pelo

eyebrow
la ceja

eye
el ojo

nose
la nariz

ear
la oreja

mouth
la boca

cheek
la mejilla

chin
la barbilla

neck
el cuello

22

body
el cuerpo

head
la cabeza

fingers
los dedos

hand
la mano

elbow
el codo

waist
la cintura

leg
la pierna

foot
el pie

shoulder
el hombro

chest
el pecho

arm
el brazo

stomach
el estómago

knee
la rodilla

23

word list
lista de palabras

ankle	el tobillo	knee	la rodilla
arms	los brazos	knuckle	el nudillo
back	la espalda	legs	las piernas
bangs	el flequillo	lips	los labios
belly button	el ombligo	lipstick	el lápiz de labios
body	el cuerpo	mirror	el espejo
bracelet	la pulsera	mouth	la boca
cheek	la mejilla	nail polish	la laca de uñas
chest	el pecho	neck	el cuello
chin	la barbilla	necklace	el collar
collar	el cuello	necktie	la corbata
comb	el peine	nose	la nariz
cuff	el puño	nostril	la ventana de la nariz
curls	los rizos	palm	la palma
dress	el vestido	pinkie	el dedo meñique
earring	el arete	pupil	la pupila
ears	las orejas	ring	el anillo
elbow	el codo	sandal	la sandalia
eyebrow	la ceja	shin guard	la espinillera
eyelashes	las pestañas	shin	la espinilla
eyes	los ojos	shirt	la camisa
face	la cara	shoulder blade	el omóplato
feet	los pies	shoulders	los hombros
fingernail	la uña	sleeve	la manga
fingers	los dedos	soccer ball	el balón de fútbol
forearm	el antebrazo	stomach	el estómago
forehead	la frente	sunglasses	las gafas de sol
freckles	las pecas	sunscreen	el bronceador con filtro solar
glasses	las gafas	swimsuit	el traje de baño
grass	la hierba	teeth	los dientes
hair	el pelo	thigh	el muslo
hair dryer	el secador de pelo	thumb	el pulgar
hair spray	la laca para el pelo	toenail	la uña del dedo de pie
hands	las manos	toes	los dedos de pie
hat	el sombrero	tongue	la lengua
head	la cabeza	towel	la toalla
headband	la diadema	waist	la cintura
heel	el talón	watch	el reloj
hips	las caderas	wrist	la muñeca
index finger	el dedo índice		